美好的前途 (上)

Měihǎo de Qiántú (Shàng)

Great Expectations: Part 1

Charles Dickens

Published by Mind Spark Press LLC Shanghai, China

Mandarin Companion is a trademark of Mind Spark Press LLC.

For information about educational or bulk purchases, please contact Mind Spark Press at BUSINESS@MANDARINCOMPANION.COM.

Instructor and learner resources and traditional Chinese editions of the Mandarin Companion series are available at WWW.MANDARINCOMPANION.COM.

First paperback print edition 2015

Library of Congress Cataloging-in-Publication Data Great Expectations: Part 1: Mandarin Companion Graded Readers: Level 2 , Simplified Chinese Edition / Charles Dickens; [edited by] John Pasden, Chen Shishuang, Yang Renjun Shanghai, China: Mind Spark Press LLC, 2015 Library of Congress Control Number: 2015955425

ISBN: 9781941875056 (Paperback)
ISBN: 9781941875117 (Paperback/traditional ch)
ISBN: 9781941875070 (ebook)
ISBN: 9781941875087 (ebook/traditional ch)

MCID: TFH20220818T092928

What Graded Readers can do for you

Welcome to Mandarin Companion!

We've worked hard to create enjoyable stories that can help you build confidence and competence and get better at Chinese–at the right level for you.

Our graded readers have controlled and simplified language that allows you to bring together the language you've learned so far and absorb how words work naturally together. Research suggests that learners need to "encounter" a word 10-30 times before truly learning it. Graded readers provide the repetition that you need to develop fluency NOW at your level.

In the next section, you can take an assessment and discover if this is the right level for you. We also explain how it won't just improve your Chinese skills but will have a wide range of benefits, from better test scores to increased confidence.

We hope you enjoy our books, and best of luck with your studies.
Jared and John

Frequently Asked Questions

Do you have versions with pinyin over the characters?

No. Although this method is common for native Chinese learners, research and experience show it distracts a second language learner and slows down their ability to learn the characters. If you require pinyin to read most of the characters at this level, you should read something easier.

Is there an English translation of the story?

No. Research and experience show that an English translation will slow down the development of your Chinese language learning skills.

Is this the right level for me?

Let's find out. Open to a story page with characters and start reading. Keep track of the number of characters you *don't* know but don't count any key words you don't know. If there are more than 8 unknown characters on that page, you may want to consider reading our books at a lower level. If the unknown characters are fewer than 8, then this book is likely at your level! If you find that you know all the characters, you may be ready for a higher level. However, even if you know all the characters but are reading slowly, you should consider building reading speed before moving up a level.

How do you decide which characters to include at each level?

Each level includes a core set of characters based on our extensive analysis of the most common characters and words taught to and used by those learning Chinese as a second language. All books at each level are based on the same core set and they can be read in any order.

What to expect in a Level 2 book?

It's important that you read at the level that is right for you. Check out the next page to learn more about Extensive Reading and how we use that in graded readers to support the learning of Chinese by just enjoying a good story.

Books in our Level 2 like this one:

- Include a core set of 450 Chinese words and characters learners are most likely to know.
- Are about 15,000 characters in length
- Use level appropriate grammar
- Include pinyin and a translation of words and characters you are not

expected to know at this level
- Include a glossary at the back of book
- Include proper nouns that are underlined

What is Extensive Reading?

It will improve test scores, your reading speed and comprehension, speaking, listening and writing skills. You'll pick up grammar naturally, you'll begin understanding in Chinese, your confidence will improve, and you'll enjoy learning the language.

Graded Readers are based on science that is backed by mountains of research and proven by learners all over the world. They are founded on the theories of Extensive Reading and Comprehensible Input.

Extensive Reading is reading at a level where you can understand almost all of what you are reading (ideally 98%) at a comfortable speed, as opposed to stumbling through dense paragraphs word by word.

When you read extensively, you'll understand most of the words and find yourself fully engaged with the story.

Reading at 98% comprehension is the sweet spot to max out your learning gains. You do still learn at the Intensive Reading level (90–98%), but the closer you are to the Extensive level, the faster your progress.

No one should be reading below a 90% comprehension level.

It's called Reading Pain for a reason. You spend so much time in a dictionary and after 30 painful minutes on ONE paragraph, you're not even sure what you've just read!

If you want to know more, check out our website

www.mandarincompanion.com

Table of Contents

Story Notes

Written in the last decade of his life and published in 1861, *Great Expectations* was Charles Dickens's last great novel and is widely considered to be his finest. A complex and multifaceted story, this tale required special care and attention when adapting into a Chinese graded reader. It follows the growth, trials, maturation, and ultimate self-realization of the main character, Pip, from boy to manhood. Its drama, satire, intrigue, and unexpected twists have captivated readers for over a century.

This story was adapted from Victorian England to modern day Shanghai, both periods that feature stark contrasts between old and new, the wealthy and the poor. While most readers may imagine Shanghai to be a bustling city filled with high rises, it also is home to outskirts sprawling into less developed areas akin to rural villages throughout China, an ideal parallel for this classic tale.

Additionally, Shanghai proved an appropriate setting to address many themes in Dickens's novel such as wealth, poverty, injustice, mercy, unrequited love, and, of course, expectations, both societal and those self-imposed by the ambitions of youth.

As of the publishing of this book, the combined volumes of 美好的前途 (Měihǎo de Qiántú) is over thirty-thousand characters long and the longest Chinese graded reader in existence. A story that ages like wine, we expect you'll enjoy discovering this classic tale in Chinese.

Character Adaptations

The following is a list of the characters from this Chinese story followed by their corresponding English names from Charles Dickens's original story. The names below are not translations; they are new Chinese names used for the Chinese versions of the original characters. Think of them as all-new characters in a Chinese story.

吴小毛 (Wú Xiǎomáo) – Pip
姐姐 (Jiějie) – Mrs. Joe Gargery
姐夫 (Jiěfu) – Joe Gargery
胖子 (Pàngzi) – Dolge Orlick
思思 (Sīsī) – Biddy
白小姐 (Bái Xiǎojiě) – Miss Havisham
冰冰 (Bīngbīng) – Estella
金子文 (Jīn Zǐwén) – Mr. Jaggers

Cast of Characters

吴小毛
(Wú Xiǎomáo)

姐姐
(Jiějie)

姐夫
(Jiěfu)

胖子
(Pàngzi)

思思
(Sīsī)

白小姐
(Bái Xiǎojiě)

冰冰
(Bīngbīng)

金子文
(Jīn Zǐwén)

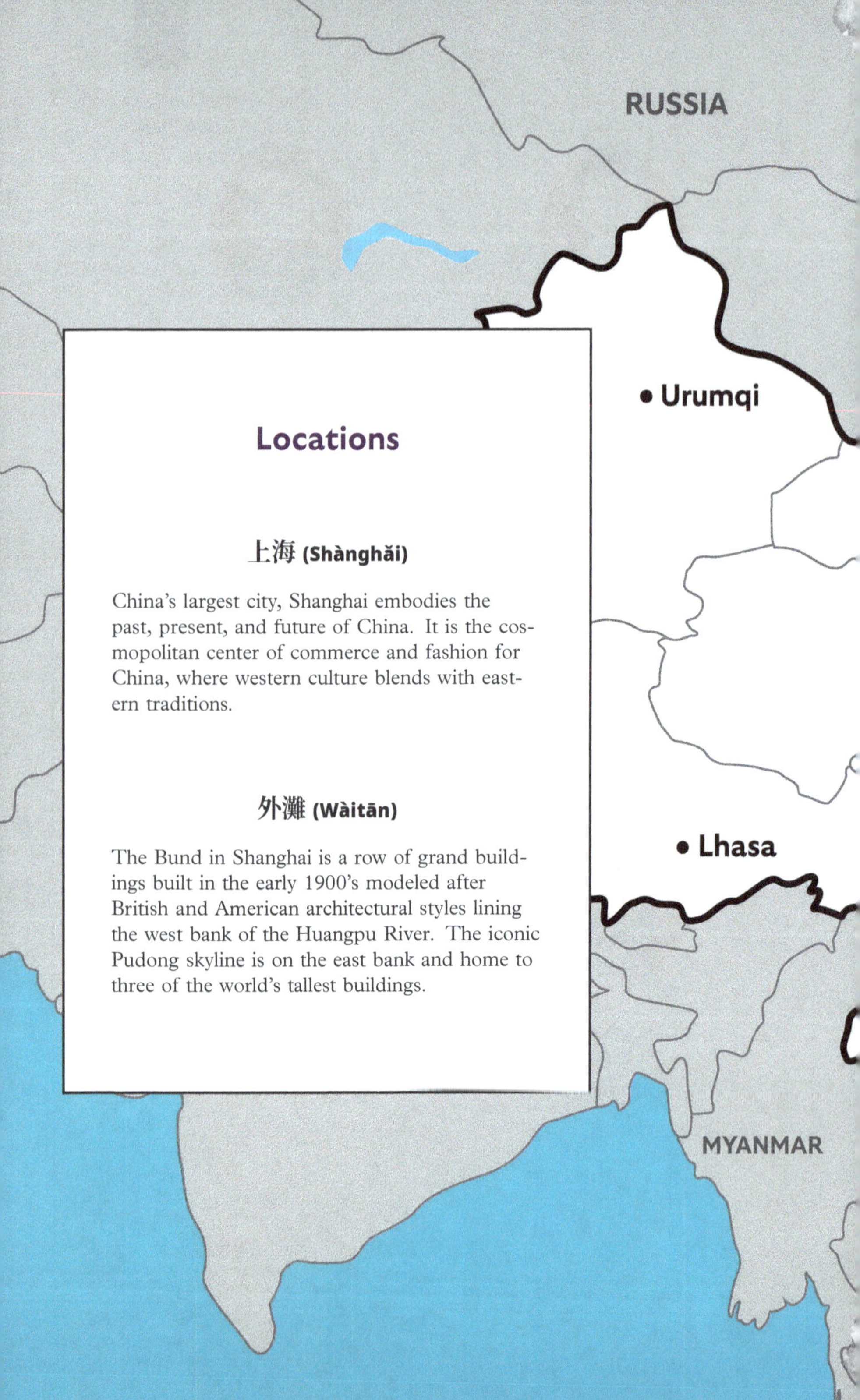

Locations

上海 (Shànghǎi)

China's largest city, Shanghai embodies the past, present, and future of China. It is the cosmopolitan center of commerce and fashion for China, where western culture blends with eastern traditions.

外灘 (Wàitān)

The Bund in Shanghai is a row of grand buildings built in the early 1900's modeled after British and American architectural styles lining the west bank of the Huangpu River. The iconic Pudong skyline is on the east bank and home to three of the world's tallest buildings.

MONGOLIA
Shenyang
Beijing
Tianjin
Dalian
NORTH KOREA
SOUTH KOREA
Qingdao
Yellow Sea
Xi'an
上海 Shanghai
Nanjing
Suzhou
Ningbo
Chengdu
Wuhan
Hangzhou
East China Sea
Taiwan
Guangzhou
Hong Kong
Macao
VIETNAM
LAOS
South China Sea
Hainan
THAILAND
PHILIPPINES

幫一個壞人

我叫吳小毛，住在上海旁邊的一個小村子[1]裡。人人都知道上海是一個大城市，可是這個熱鬧的地方好像跟我沒什麼關係。

我家離上海的市中心挺遠的，我跟姐姐和姐夫住在一起。我姐姐是我們村子[1]裡特別有名的女人。她聲音很大，而且特別容易生氣，村子[1]裡的人都叫她"吳大姐"。

我今年八歲了，比我姐姐小十五歲。在我很小的時候，我父母就死了，從那時候開始，我就一直跟姐姐一起生活。姐姐總是對我說："你知

1 村子 (cūnzi) *n.* village

道你有多煩嗎？死小孩[2]！要是沒有你，我一定會過得比現在好得多。”因為她一直這樣說，村子[1]裡的人自然就認為，姐姐過得不好都是我的錯。所以他們經常說，我要聽姐姐的話，長大以後要感謝[3]姐姐。

我姐夫今年二十五歲，村子[1]裡的人都愛叫他老周。姐夫是一個修理工[4]，不管[5]工作多累，生

---

2 死小孩 (sǐ xiǎohái) *n.* rotten kid (not literally "dead child")

3 感謝 (gǎnxiè) *v.* to be grateful (to)

4 修理工 (xiūlǐ gōng) *n.* repairman

5 不管 (bùguǎn) *conj.* no matter...

活多難，他從來都不說。可是，他很怕我姐姐，因為我姐姐生氣的時候，總是打我和姐夫，但姐夫從來都不跟姐姐吵[6]，也不生她的氣。

離我家不遠的地方有一條小河，我喜歡玩水，所以經常去河邊。今天我又在河邊玩了一個多小時。天有點黑[7]了，我覺得差不多應該回家了，就站起來往家走。突然[8]，一個男人從後面抓[9]住了我的衣服。

“別叫！”那個男人抓[9]著我的衣服，“再叫我就殺[10]了你！”他小聲說，我輕輕地[11]點點頭，不敢[12]再說話了。

我看了一下那個男人，他身上髒[13]得很，衣服都破[14]了，腳[15]上還有一個奇怪的東西。我不知

---

6 吵 (chǎo) *adj.* noisy
7 黑 (hēi) *adj.* dark
8 突然 (tūrán) *adv.; adj.* suddenly; sudden
9 抓 (zhuā) *v.* to grab, to try to catch
10 殺 (shā) *v.* to kill
11 輕輕地 (qīngqīng de) *adv.* lightly
12 敢 (gǎn) *v.* to dare (to)
13 髒 (zāng) *adj.* dirty
14 破 (pò) *adj.* worn out, run-down
15 腳 (jiǎo) *n.* foot

道那個東西是什麼，但是我覺得他應該是個犯人[16]。想到這裡，我更害怕[17]了。

“你叫什麼名字？爸爸媽媽在哪兒？”那個男人問我。

“我叫吳小毛，也許[18]你不相信，不過我真的沒有爸爸媽媽，我一直跟姐姐和姐夫住在一起。我們就住在前面的那個修理店[19]裡。”因為太害怕[17]，我的聲音都變小了。

“修理店[19]？你說你家開了一個修理店[19]？”那個男人看了一下他腳[15]上的東西，把我按[20]得更緊了。

“對。千萬[21]別殺[10]我！”因為太害怕[17]，我說著說著就哭了起來。

“你看到我腳[15]上這個東西了嗎？我需要一個工具[22]把它打開，還要一些吃的。明天早上，我

---

16 犯人 (fànrén) *n.* a convict
17 害怕 (hàipà) *v.* to be afraid (of)
18 也許 (yěxǔ) *adv.* perhaps
19 修理店 (xiūlǐ diàn) *n.* repair shop
20 按 (àn) *v.* to press, to hold (down)
21 千萬 (qiānwàn) *adv.* absolutely (not)
22 工具 (gōngjù) *n.* tool

們還在這裡見面，你把工具[22]和吃的帶過來。要是你沒來或者把這件事告訴別人，你知道會發生什麼嗎？我還有一個朋友也在這裡，他特別喜歡吃小孩的心。如果你不聽我的話或者你明天沒來，我就讓他吃了你的心！”聽到那個男人這樣說，我更害怕[17]了：“我明天一定來，一定來！”我說完以後，那個男人很快就離開了，我看他走遠了以後馬上往家跑去。

Two

不一樣的節日

“小毛，我們正在找你呢！你姐姐發現你下午不在家，又生氣了。”我到家的時候，姐夫已經在門口等我了。因為姐姐經常打我們，姐夫和我已經成了好朋友，他也總是幫我。

“你去哪兒了？你這個死小孩[2]，煩死了！”姐姐一看到我就對我大叫起來。我怕她又要打我，很快跑到姐夫身後：“我去河邊抓[9]魚[23]了，明天過中秋節，我想抓[9]一條魚[23]回來，這樣明天就能多做一個菜，可是一條都沒抓[9]到。”

“死小孩[2]，如果沒有我，你早就餓死了！你

23 魚 (yú) *n.* fish

難道[24]不知道明天過節嗎？家裡有那麼多事等著要做，你還跑到外面去玩？還不快來幫我！”姐姐越說越生氣。

姐姐真的很忙，因為中秋節是一個很重要的節日[25]。中秋節要吃月餅[26]，可是我們買不起[27]月餅[26]，所有好吃的東西都要自己做。每年過中秋節的時候，姐姐都會做一種特別好吃的餅，還有別的平時[28]吃不到的菜，因為要請叔叔[29]來家裡吃飯。

晚上，姐姐和姐夫睡著以後，我小心地走出房間，偷[30]了一些姐姐做的餅，還有姐夫修東西的工具[22]，偷偷地[31]放在了衣服裡。那天晚上，我一點也沒睡著。我一直在想那個犯人[16]，想起來我就

---

24 難道 (nándào) *conj.* “Could it be that…?” [rhetorical question marker]

25 節日 (jiérì) *n.* holiday

26 月餅 (yuèbǐng) *n.* moon cake

27 買不起 (mǎibuqǐ) *vc.* cannot afford (to buy)

28 平時 (píngshí) *adv.* usually

29 叔叔 (shūshu) *n.* uncle

30 偷 (tōu) *v.* to steal

31 偷偷地 (tōutōu de) *adv.* stealthily, secretly

害怕[17]，還有那個要吃我心的人。除了[32]這些，我也很擔心[33]姐姐會發現我偷[30]了她的餅。可是我還能有什麼別的辦法呢？

我害怕[17]被[34]姐姐和姐夫發現，所以天還沒亮[35]，我就起來了，然後偷偷地[31]跑去了河邊。

在去河邊的路上，我發現了另一個男人。他身上髒[13]髒[13]的，衣服也很破[14]，腳[15]上也有那個奇怪的東西，不過他好像沒有注意[36]到我。想到他可能是那個喜歡吃人心的人，我馬上跑走了。

我來到了那個老地方，可是沒看到昨天那個犯人[16]。我想把東西放下就走，可是就在這時候，那個犯人[16]出現[37]了。他一下子把我按[20]在地上："你有沒有把我們的事跟別人說？"

"我真的沒告訴別人，我是一個人來的。"

---

32 除了 (chúle) *conj.* except for
33 擔心 (dānxīn) *v.* to worry
34 被 (bèi) *part.* [passive particle]
35 亮 (liàng) *adj.* bright
36 注意 (zhùyì) *v.* to notice
37 出現 (chūxiàn) *v.* to appear, to emerge

他很快用工具[22]打開了腳[15]上的東西，拿起我給他帶的餅，大口大口地吃了起來。他一定很久沒吃東西了，一下子就把所有的餅都吃完了。

“你不分一點給你的朋友吃嗎？我剛剛看到他了。”

“什麼朋友？你看到誰了？”犯人[16]好像一下子想起了什麼。

"我剛剛看到你的朋友，他穿的衣服跟你一樣，腳[15]上也有這個東西。他就是那個喜歡吃小孩的心的人嗎？"我是害怕[17]，不過也有點好奇[38]。

"快告訴我他在哪兒。我要殺[10]了他！"犯人[16]的臉色[39]突然[8]變得很難看，大叫著跑走了，好像是去找他的朋友了，我也馬上往家跑去。

中秋節這天晚上，月亮[35]特別大，也特別亮[35]。我一個人坐在家門口，月光照[40]著門前的路，也照[40]在我的臉[41]上，好像在試著跟我說話，讓我高興起來。可我緊張[42]得要死，不敢[12]待[43]在離姐姐太近的地方。

飯快做好的時候，叔叔[29]來了。我覺得叔叔[29]很煩，因為他總是跟我姐姐一樣，叫我"死小

---

38 好奇 (hàoqí) *adj.* curious

39 臉色 (liǎnsè) *n.* the look on one's face, lit. "face color"

40 照 (zhào) *v.* to shine (on)

41 臉 (liǎn) *n.* one's face

42 緊張 (jǐnzhāng) *adj.* nervous

43 待 (dāi) *v.* to stay

孩[2]”。可是姐姐很喜歡叔叔[29]，因為叔叔[29]每次來都會帶一些吃的。

看到叔叔[29]又帶了東西，姐姐笑著說：“謝謝叔叔[29]！”這時候，叔叔[29]看著我說：“聽到了嗎？‘謝謝’。你也要好好感謝[3]你姐姐，要是沒有她，你早就餓死了！”姐夫覺得我聽了這些話可能會很難過，馬上給了我一個好吃的餅，可是他不知道我現在有多緊張[42]。

我從來沒有這麼害怕[17]過吃飯，因為知道姐姐很快會發現她做的餅少了幾個。因為太緊張[42]，我一直都不敢[12]看姐姐的眼睛，但是，我害怕[17]的事還是發生了。

Three

犯人被抓了

“死小孩[2]! 你是不是偷吃[44]了我做的餅? 快說!” 姐姐大叫著向我走來, 叔叔[29]跟著說: “死小孩[2]! 偷吃[44]東西, 應該打!”

看姐姐走過來要打我的樣子, 我怕得要死, 一句話都不敢[12]說, 偷偷地[31]看了一下姐夫, 可是這次他好像幫不了我。我不知道該怎麼辦, 站起來就往外面跑。因為跑得太快, 到門口的時候, 差點撞[45]到一個人。我停下來一看, 五個警察[46]帶著兩個人來到了我家門口。我發現其中一個是我幫過的犯人[16], 另一個就是他的朋友。

---

44 偷吃 (tōuchī) *v.* to sneakily eat

45 撞 (zhuàng) *v.* to crash into

46 警察 (jǐngchá) *n.* police officer, the police

看到這幾個人，姐姐、姐夫和叔叔[29]也馬上走了出來。我怕得要死，如果警察[46]知道是我幫了這個犯人[16]，會不會把我也抓[9]起來？如果犯人[16]以為是我告訴了警察[46]，會不會殺[10]了我？想到這裡，我更緊張[42]了，突然[8]不知道要往哪兒跑了。

姐姐好像已經把我偷[30]餅的事忘了，也沒時間來打我了。她走過去問：“警察[46]先生，發生了什麼事？這兩個人是誰？”

“沒事，這個犯人[16]腳[15]上的東西壞了，想過來讓老周幫忙修一下。”警察[46]說。

看來，警察[46]到現在還不知道是我幫了那個犯人[16]。我看著那個犯人[16]，很想跟他說我沒有把事情告訴警察[46]。犯人[16]也看了我一眼，但是我不知道他有沒有明白我的意思。

姐夫很快就把犯人[16]腳[15]上的東西修好了。警察[46]正要帶他們離開的時候，那個犯人[16]突然[8]對姐夫

說："對不起，我昨天晚上偷[30]了你家的餅，因為我真是餓得沒辦法了！"

我沒有想到他會這樣做，很想對他說一聲"謝謝"，又什麼都不敢[12]說。姐夫笑著說："沒關係，就是一些吃的。我們不知道你做過什麼，但是我們不希望[47]你餓死。"姐夫說完以後，警察[46]就把他們都帶走了。我希望[47]再也不要見到他了。

47 希望 (xīwàng) *v.; n.* to hope; hope

從那以後，我還是像平時[28]一樣，上學、放學，然後回家幫姐夫的忙。我知道，家裡沒有錢讓我上高中、上大學，等我長大以後，我就得跟姐夫一樣，好好做一個修理工[4]。姐夫現在請了一個人幫他，那個人比我大十歲，又高又胖[48]，我們都叫他“胖子”。胖子從不認真工作，也從來不笑，我和姐姐都不喜歡他。當然，他也不喜歡我和姐姐。

我只有[49]兩個朋友，一個是姐夫，另一個是我的同學思思。思思比我大三歲，也沒有爸爸媽媽，從小跟她叔叔[29]住在一起。但是思思很可愛，也喜歡幫助別人。她經常來我家跟我一起玩，也會幫我姐姐做事。每次回家的時候，她的手、腳[15]、衣服都髒[13]髒[13]的，可她還是很開心。

我以為，我以後的生活會跟姐夫一樣，做一

48 胖 (pàng) *adj.* fat

49 只有 (zhǐyǒu) *conj.* only if

個修理工[4]。在我看來，這樣的生活好像也沒什麼不好，可是誰也沒想到，後來我的生活會發生那麼大的變化。

Four

奇怪的老小姐

第二年的中秋節很快又到了，中午我們在吃飯的時候，突然[8]聽見外面有人叫我的名字。我走出來看見門口放著一包東西，人已經不見了。我覺得有點奇怪，打開一看，裡面放著四塊看起來很貴的月餅[26]，旁邊還有 200 塊錢。雖然沒看到這個人，不過總有一種感覺告訴我：他是我一年前幫過的那個犯人[16]。

節日[25]的第二天是星期六，上午我在幫姐夫修東西的時候，叔叔[29]來了。這次他跟平時[28]很不一樣，沒有再叫我“死小孩[2]”。他笑著說：“小毛，你有好事了！”

聽到叔叔[29]這樣說，姐姐馬上走過來，問：“叔叔[29]，什麼好事？他會有什麼好事？”從我出生到現在，姐姐從不覺得好事會跟我有什麼關係，她總說我只會讓她感覺很煩。

“白小姐想找一個男孩去她家玩，她家的阿姨[50]問我有沒有認識的小孩，我跟她說我家有一個八歲的小男孩，明天就把他送過去給白小姐看。”說完，叔叔[29]笑著看了看我。

---

50 阿姨 (āyí) *n.* aunt

“白小姐？就是那個住在大房子裡的白小姐嗎？太好了！如果把這個小孩送到白小姐家裡，她應該會給我們一些錢吧。”想到錢，姐姐越說越開心，這時候她才真正開始注意[36]我：“你看你，髒[13]死了！快進去，我要給你好好洗一洗。”

第二天早上，我穿著自己最好的那件衣服，跟叔叔[29]一起去了白小姐的家。

白小姐家的房子真大！裡面應該有不少房間，可以住很多人。可是從外面看，感覺這個房子挺老的，而且有點破[14]，住在裡面的人會是什麼樣子呢？

我在門口等著，以為開門的是白小姐家的阿姨[50]。等了一會兒，門開了。出現[37]在我面前的是一個跟我差不多大的女孩。我從來沒見過這麼漂亮的女孩。她的頭髮又長又黑，還有一

種花的味道。她的臉[41]也很美，眼睛又大又亮[35]，但是不笑，看起來冷冷的。我開始對她好奇[38]起來，世界上怎麼會有這樣的女孩？對我來說，第一次見面的時候對人笑一下是很自然的事情，可是我面前的這個女孩好像不會笑。

我就這樣一直看著她，忘了叔叔[29]還在我旁邊站著，也忘了我是來見白小姐的。女孩好像也注意[36]到我一直在看著她，但是她一直沒有對我笑過，只是冷冷地問我："你是來見白小姐的吧？"我突然有點不好意思，紅著臉點了點頭。我進門的時候，叔叔也想跟我一起進去，那個女孩看著叔叔問："你也想見白小姐嗎？"

叔叔點了點頭："當然想，如果白小姐也願意的話。"

"你應該知道她不想見你。"說完，她就把門關上了。

女孩走在前面，她要帶我去白小姐的房間。我跟在她的身後，她高高的個子，不胖也不瘦，穿著漂亮的衣服，一看就知道她一定是有錢人的孩子。她就走在我前面，可是我覺得她離我很遠，像天上的星星。她沒有跟我說話，也不告訴我她的名字。說實話，她就像一個冷冷的公

51 只是 (zhǐshì) *phrase* it's just that
52 願意 (yuànyì) *v.* to be willing
53 瘦 (shòu) *adj.* thin
54 公主 (gōngzhǔ) *n.* princess

主[54]，不太友好[55]。

這個房子真的很大，也很黑[7]，所有的門窗[56]都關著，陽光一點也照[40]不進來。這麼大的房子，只開了一個小燈。如果不是剛進來，我會以為現在是晚上。

我們上了二樓，走進一個很大的房間，這個房間跟一樓差不多，門窗[56]也都關著，這麼黑[7]的地方也只開了一個小燈。房子中間坐著一個奇怪的女人。

她穿著婚紗[57]，坐在桌子[58]旁邊。頭髮已經全白了，更可怕的是，她的臉色[39]也很白，像死人的臉[41]一樣。她身上的婚紗[57]好像很久都沒洗過了，已經有點黃了。她坐在那裡，一點都不動，只有[49]她的那雙眼睛能告訴我她還活著。她真應該姓白，可我最好奇[38]的是，她都這麼老了，為什麼別

55 友好 (yǒuhǎo) *adj.* friendly
56 窗 (chuāng) *n.* window
57 婚紗 (hūnshā) *n.* wedding dress
58 桌子 (zhuōzi) *n.* table

人還叫她“小姐”?

“你是誰?”她的聲音那麼小，我想，要是我離她再遠一點，一定什麼都聽不到。

“我……我叫吳小毛。我叔叔[29]讓我來這兒——玩兒。”說實話，我有點怕她。

“過來，讓我看看你。”

我走過去的時候，發現她房間裡的鐘一直沒有走，好像停在了 8 點 40 分。

“你不怕我嗎?”她看著我，可是我覺得她的眼睛裡沒有光。

“不怕。”其實[59]我挺害怕[17]她的，可我不敢[12]說真話。

“你知道這是什麼嗎?”她把手放在她自己身上。

“這是心，我的心。”她這麼問，讓我一下子想到了那個犯人[16]的朋友。

“我的心，已經死了！”她一邊說，一邊冷笑。“你多大了?”

“我八歲了。”我一點也不想多跟她說話，她問什麼，我就說什麼。

“那挺好的。這是我的女兒冰冰，她跟你一樣大。你們一起玩吧。”

天啊，在這個房子裡玩，世界上還有比這

---

59 其實 (qíshí) *adv.* actually

更無聊[60]的事嗎？白小姐看我不知道做什麼又開始問我：“你覺得冰冰漂亮嗎？”

我看了一下冰冰：“漂亮！”剛說完，我的臉[41]又紅了，因為這是我的心裡話。她冷冷地看了我一眼，還是不笑，然後很快就看別的地方去了。白小姐笑著問冰冰：“你覺得吳小毛怎麼樣？”

冰冰看著我冷笑了一下：“修理工[4]的孩子，又髒[13]又笨[61]！”聽她這樣說，白小姐輕輕地[11]笑出了聲。然後我聽到她小聲對冰冰說：“你可以傷[62]他的心。”

我不理解[63]白小姐為什麼要說這種話，就覺得這個房子和住在裡面的人都挺奇怪的，我想快點回家。

“我可以回家了嗎？”我輕輕地[11]問。雖然我很

---

60 無聊 (wúliáo) *adj.* bored, boring, lame

61 笨 (bèn) *adj.* stupid

62 傷 (shāng) *v.* to hurt (someone)

63 理解 (lǐjiě) *v.* to understand, to comprehend

喜歡旁邊的這個女孩，可我感覺她對我一點也不友好[55]，再待[43]下去也沒什麼意思。

“好吧。你第一次來還不知道怎麼做，先回家吧，下個星期六再過來。”說完，她讓冰冰給我一些吃的，帶我出去。

我和冰冰一起走了出去，冰冰把一包吃的放在地上，讓我感覺自己是一隻狗，我想不明白她為什麼要這樣對我，難過得想哭。這個時候，她才輕輕地[11]對我笑了一下：“哭吧！你就是修理工[4]家的孩子，又髒[13]又笨[61]，沒有人會喜歡你！”說完，她就把門關上了。

回家的路上，我越想越難過，差點哭起來。看著自己的手和衣服，想到姐夫是個修理工[4]，而且以後我也會成為[64]一個修理工[4]，我突然[8]那麼希望[47]能改變自己，改變我以後的生活！

64 成為 (chéngwéi) *v.* to become

Five

回家以後

從白小姐家回來以後，姐姐和叔叔[29]問了我很多問題，他們很想知道我在白小姐家看到了什麼，後來又發生了什麼。可是我一點也不想跟他們聊這些，因為我知道他們是不可能理解[63]我的心情[65]的。

姐姐看我不說話，就過來打我，一邊打一邊說："如果沒有我，你早就餓死了！我問你問題，你怎麼不說？"

這時候，叔叔[29]開口了："別打了，他以後還要去白小姐家呢。你把孩子打傷[66]了，白小姐會不高興的。"叔叔[29]說完後又對我說："好孩子，

65 心情 (xīnqíng) *n.* mood

66 打傷 (dǎshāng) *vc.* to hit and injure

跟我們說說白小姐吧。”

叔叔[29]這個樣子讓我覺得很好玩，我打算[67]跟他開個玩笑。我想了一下，說：“白小姐又高又胖[48]。”

“叔叔[29]，真的是這樣嗎?”姐姐問。

“是的。”聽到叔叔[29]這樣說，我才發現，他原來[68]沒見過白小姐。

“你在白小姐家看到了什麼?”叔叔[29]又問。

“她家很漂亮，窗[56]子很大，陽光都能照[40]進來，白天不用開燈。白小姐的房間裡有一個又大又漂亮的桌子[58]，桌子[58]上有很多玩具[69]。對了，還有四隻狗，它們就待[43]在桌子[58]下面不停地叫。”我越說越開心，差點笑出來。

“這太奇怪了！叔叔[29]，你覺得呢?”姐姐問叔叔[29]。

“我不這麼看，白小姐本來就是一個奇怪的

---

67 打算 (dǎsuàn) *v.; n.* to plan to; plans

68 原來 (yuánlái) *adv.* originally

69 玩具 (wánjù) *n.* toy

女人，這個村子[1]裡的人都知道。”說完，他又問我：“那你在白小姐家玩了什麼？”

“她家有很多玩具[69]，我跟冰冰玩得特別開心。她讓我下週再去她家。”想到冰冰，我突然[8]不想再跟叔叔[29]開玩笑了。姐姐和叔叔[29]沒再問我別的問題了，他們聽說白小姐還要讓我去她家就很開心。

姐姐和叔叔[29]說話的時候，姐夫一直在旁邊幹活[70]，他不喜歡聽他們說這些事情。我知道，他一點也不想讓我去白小姐家，更不關心白小姐會不會給我錢。有時候我真的想不明白，姐夫怎麼會跟姐姐這種人結婚[71]？姐姐不但愛生氣，還那麼喜歡錢。這種女人，除了[32]我姐夫，還有哪個男人會要？

姐夫是我的家人，也是我最好的朋友，我覺

---

70 幹活 (gànhuó) *vo.* to do manual labor

71 結婚 (jiéhūn) *vo.* to get married

得我應該告訴他真的發生了什麼。那天晚上胖子走了以後，我就來到姐夫幹活[70]的房間，把事情都跟他說了。

“都不是真的？沒有漂亮的大桌子[58]？玩具[69]呢？難道[24]玩具[69]也沒有嗎？”姐夫有點不太相信。

“什麼都沒有。漂亮的大桌子[58]、玩具[69]、會叫的狗, 都不是真的。那個大房子, 從外面看, 有點破[14], 裡面又大又黑[7]，陽光一點都照[40]不進去。還有那個白小姐，又老又奇怪，不管[5]誰進去，都會害怕[17]的。”

姐夫突然[8]有點不高興的樣子：“好，就算[72]你說的都是真的，那你剛才為什麼不說真話？你在這件事情上不說真話，那以後要是你做了什麼壞事，就更不會說真話了。小毛，我一直跟你說要做一個好孩子，你現在怎麼會變成這

72 就算 (jiùsuàn) *conj.* even if

樣？不行，我要去跟你姐姐說這個事，白小姐家你不能再去了。”

聽到姐夫這樣說，我開始害怕[17]了：“千萬[21]別告訴姐姐！她知道以後一定會打死我的！再說，就算[72]她知道了，也還是會讓我再去白小姐家的。我的好姐夫，我以後一定不會再這樣做了。千萬[21]別告訴姐姐！”姐夫一定不想看到姐姐打我，聽我這樣說，他自然就不會去跟姐姐說了。

“你不是說白小姐有個女兒叫冰冰嗎？”姐夫突然[8]想到了冰冰，“那冰冰呢？她對你怎麼樣？”姐夫問了我最不想被[34]問到的問題。

“她……她對我一點也不友好[55]……我覺得她很不喜歡我。我穿的衣服、髒[13]髒[13]的手，我身上所有的東西她都不喜歡。我記得她還說，我是修理工[4]家的孩子，又髒[13]又笨[61]，沒有人會喜歡我。”我越說越傷心。

姐夫聽到我這樣說，好像明白了什麼，他笑著問我："她這樣說你，讓你很沒面子，你不想讓你姐姐和叔叔[29]知道，所以就不說真話？就算[72]你不說真話，也不可能改變別人對你的看法。小毛，我是你的朋友，你要記住，說真話才會讓你快樂[73]！"

姐夫的話聽起來都是對的，可我還是忘不了冰冰說的那些話。那天發生的所有事，我想我是不可能把它們忘記的！

---

73 快樂 (kuàilè) *adj.* happy

他們吵起來了

為了改變冰冰對我的看法，我決定開始認真學習，我也經常請思思幫我。但是我知道，這需要花很長時間。不過只要[74]能讓冰冰喜歡我，就算[72]花再長時間，我也願意[52]。

因為沒錢，我們家一直不能請一個更好的人在修理店[19]幫忙。不過姐姐以為，只要[74]白小姐一直喜歡我，我們家以後會越來越有錢。所以胖子在幫姐夫幹活[70]的時候，她總是對胖子說："如果你不認真幹活[70]的話，以後就別來了。白小姐很喜歡我們小毛，我們家以後會很有錢，我可以花錢請更好的人來幹活[70]。"

---

74 只要 (zhǐyào) *conj.* as long as

雖然姐姐這麼說，可胖子從來也不擔心[33]，因為他太瞭解姐夫了。姐夫人太好，就算[72]姐姐讓他走，姐夫也會想辦法幫他的。不過，胖子知道我去白小姐家的事情以後，就更不喜歡我了。

一天早上，我在跟姐夫說週六去冰冰家，有半天不在家，不能幫他幹活[70]。胖子在旁邊聽到了，走過來說："我也需要半天的時間。"

"你需要半天的時間做什麼？"姐夫有點不理解[63]。

"我做什麼跟你沒有關係。我就是要跟小毛一樣，半天不幹活[70]。"

姐夫想了一下："可以。"

姐姐在外面也聽到了，跑進來大聲對姐夫說："你很有錢嗎？半天不讓他幹活[70]？如果我是你，我一定要讓他明白什麼是'不可以'！"

胖子冷笑了一下："你這個死女人，我們說

話跟你有什麼關係?”

“你說什麼?你怎麼敢這樣跟我說話?”姐姐氣得臉都紅了。

“胖子,別說了!”姐夫大聲說。

但是胖子好像沒聽到姐夫說什麼,還在說:“你這個死女人,長得那麼難看,還喜歡大吵大叫!”

“別說了!”姐夫又說,但是他的話一點都沒用。

“老周,你聽他說我什麼?他在我們家,在你的前面,這樣說我!你還不打他?!”姐姐一邊大叫一邊哭著坐到地上,抓自己的頭髮,打自己的頭。

“胖子,你怎麼還不住口?”姐夫也越說越生氣了。

75 住口 (zhùkǒu) *vo.* to shut one's mouth

"如果你是我的女人，我早就打你了！"胖子還不打算[67]住口[75]。

姐夫知道胖子不會聽他的話，可是他看見姐姐這個樣子，也沒有別的辦法，只能跑過去跟胖子打。很快胖子就被[34]姐夫按[20]在地上，起不來了。

這件事情過後，我看到胖子在河邊跟姐夫說了一會兒話，第二天又回我家幹活[70]了。姐姐當然很生氣，她不停地哭，哭的時候還打姐夫。可姐夫一直說我們需要人來幫忙，而且胖子要的錢最少，就算[72]讓他走，我們也沒錢請更好的人。其實[59]我們都知道，姐夫是好心，除了[32]我們，村子[1]裡可能沒有人願意[52]請胖子去幫忙。他是擔心[33]胖子真的沒了工作。

我覺得胖子就是不想幹活[70]，又特別無聊[60]。但我沒心情[65]管他們的事，我只想好好學習，改變冰冰對我的看法。

看到我越來越愛學習了，姐夫也很高興。晚上幹完活[70]以後，他就坐到我的桌子[58]旁邊看我看書、寫字。

有一天，我正在看我的英語書，姐夫走過來，說："小毛，書上的這些英文你都看得懂啊？你現在真了不起[76]！"姐夫從來沒學過英文，一句英

76 了不起 (liǎobuqǐ) *adj.* amazing

文都不會說。

“我還會寫呢！”在姐夫面前，我覺得自己聰明多了！

“那‘你是哪國人’怎麼說?”姐夫很想學的樣子。

“你學這個幹什麼?”我知道，姐夫是不可能有機會說英文的。

“我看到越來越多的老外從市中心到我們村子[1]裡來玩，你可以教我，我一定好好學。下次我見到他們，就能跟他們說英文了！”姐夫說這話的時候，就像一個孩子。

我看姐夫真的很想學，就開始寫“Which country are you from”，一邊寫一邊教他怎麼說。姐夫先是看著我寫，然後他自己也開始寫“Which country are you from”，一邊寫一邊跟著我說。可是姐夫寫了好幾次都寫錯了，說得

也很不好。我沒心情[65]再教他了，就說："太晚了，睡覺吧！"

我睡在床上，心裡想的都是冰冰。我不喜歡那個讓人害怕[17]的老房子和那個奇怪的白小姐，但是不知道為什麼，我還是希望[47]週六快點來，因為那時候我就又可以看到冰冰了。

Seven

第二次去白小姐家

好不容易[77]等到了星期六，我又能去白小姐家見冰冰了。這次叔叔[29]沒來送我，我是一個人去的。

開門的還是冰冰，我笑著對她說："你好！"本來以為這次她會對我好一點，可是她好像沒聽見一樣，還是不看我，也不跟我說話，這讓我很失望，也很難過。

在一樓，我看到一個戴[78]眼鏡的男人，看起來很有錢的樣子。他好像正忙著打電話，我聽見他對電話裡的人說："我現在很忙，有什麼事，

77 好不容易 (hǎobùróngyì) *adv.* with great difficulty

78 戴 (dài) *v.* to wear (glasses, jewelry, accessories)

回去再說。”我從他旁邊走過的時候，他也不看我。打完電話以後，我聽見他對另外幾個人說：“你們走吧，白小姐不想見你們。”

冰冰把我帶到了二樓。到了白小姐的房間門口，冰冰突然[8]走到我面前來，她的臉[41]離我的臉[41]那麼近，近得讓我覺得不好意思。

“我漂亮嗎？”聲音還是那麼冷。

“漂亮。”我不知道她為什麼這樣問。

“我對你怎麼樣？”她又問。

“比上次好一點。”我剛說完，冰冰就打了我一下：“你這個又髒[13]又笨[61]的孩子，現在你覺得我怎麼樣？”我氣死了，差點哭出來。

“你怎麼不哭？我就是想看你哭。”冰冰冷冷地說。

“我是不會在你面前哭的！”我大聲說。這是真話，沒有人知道，我後來為冰冰哭了多少次，

但是我從來都沒有在她面前哭過。

聽到我們的聲音，白小姐從房間裡走了出來。她看著冰冰，笑著說：“好孩子！”然後就帶著我去了另一個房間。

我從來沒見過這樣的房間，那麼大，還那麼髒[13]。房間裡有一張大桌子[58]，桌子[58]上放了很多吃飯用的東西，但是這些東西應該很久沒用過了，都髒[13]得很，而且有的看起來都壞了。

“樓下那些人是我的叔叔[29]和阿姨[50]。”白小姐的聲音總是那麼小，“今天是我的生日，他們每年這個時候都會來看看我死了沒有。小毛，幾十年前的今天，應該是我結婚[71]的日子。”她笑了一下，又說：“我覺得我也會在這一天死去。我死的時候，還要穿著這件婚紗[57]，睡在這個桌子[58]上。”

在那個沒有陽光的房間裡，白小姐穿著她那件已經變黃的婚紗[57]，慢慢地走來走去，像一個會動的死人。

“小毛，你以後只想做一個修理工[4]嗎？”

“我……不想，我想跟冰冰一樣，懂很多東西。但是，我家沒錢讓我上學。”說這些話的時候，我看了一下冰冰。

“你喜歡學習，這是好事，我也認為你應該去做更好的工作。我家有很多書，你喜歡看什麼就看什麼，或者把書帶回家去看也可以。”聽到白小姐這麼說，我很開心。因為她對我的看法跟冰冰很不一樣，最重要的是，她沒有像冰冰那樣笑我。

從白小姐房間出來的時候，我看到一個戴[78]眼鏡的男孩，看他穿的衣服，像是有錢人的孩子。不過他看起來好像很無聊[60]，很想找點事情做。

“你，誰讓你來的?”男孩開口了。

“白小姐。”

“過來，打我!”

我沒聽錯吧? 他想找我打架[79]! 我感覺他有點怪怪的，但是我沒有說不。

他開始在我前面動，一會兒左邊一會兒右

79 打架 (dǎjià) *vo.* to fight

邊，他的手也在動，一會兒前面一會兒後面。我又看了看他，他應該跟我差不多大，比我高，不過比我瘦[53]。

他看起來很想打架[79]的樣子，讓人有點煩。不過剛開始我想，不管[5]怎麼樣，都不應該跟他打架[79]。但是他動來動去的樣子又讓我很想跟他打。而且，他這麼無聊[60]，要是我不跟他打，他是不可能讓我走的。想到這裡，我決定跟他打架[79]。

然後我就一下子把他打到了地上，我以為我贏[80]了。

他很快站了起來，又開始左右動，他想打我，但是一直打不到。他想用頭撞[45]我，但是又被[34]我打到了地上。

我們就這樣打了一會兒，每次都是我把他打到地上，但是每次他都很快又站了起來。最後一次，我把他打到站不起來了。可是過了一會兒，他又站了起來，笑著對我說：“不打了，不打了，你贏[80]了！”

我也笑了：“我其實[59]沒想跟你打架[79]。”我剛說完，男孩就跑走了。

我知道冰冰還在大門口等我。我到大門口的時候，她已經等了很久了。但奇怪的是，她沒有問我去了哪裡或者做了什麼，也沒有因為我讓

80 贏 (yíng) *v.* to win

她等了很久就生我的氣。她一直看著我，雖然沒笑，但是看起來很高興的樣子，好像剛才發生了什麼讓她很開心的事。

“你想親[81]我的話就親[81]吧！”我走到她面前的時候，她突然[8]說了一句。

我真的親[81]了她一下，而且很容易就親[81]到了。

我以為我親[81]到她的時候會很開心，但其實[59]

---

81 親 (qīn) *v.* to kiss

不是這樣的。我突然[8]覺得自己好像是一個要飯的[82]孩子，冰冰是有錢的公主[54]。她讓我親[81]她，就像是一個公主[54]給了要飯的[82]孩子一塊錢。

82 要飯的 (yàofàn de) *n.* beggar

Eight

六年以後

從九歲那年開始，我每週都會去白小姐的家，不過每次在她家待[43]的時間都不長，我會跟白小姐說說話或者跟冰冰一起玩，也會跟她一起看書。有時候我也會把那些書帶回家看，我從書上學到了很多東西。我覺得自己其實[59]一點也不笨[61]，因為我比姐夫和思思懂的多得多！

六年很快就過去了，我和冰冰都十四歲了。看到我越來越喜歡冰冰，白小姐很開心；聽到冰冰經常說一些話讓我傷心，她好像也很開心。“冰冰，你做得很好，就是要讓男人們傷心，不要害怕[17]！”白小姐經常小聲對冰冰這樣說。

這幾年，我姐姐和叔叔[29]也總是說到白小姐的錢，他們希望[47]我能從白小姐那裡得到很多錢。可我一點都不關心白小姐會不會給我錢，我只希望[47]自己能像冰冰一樣，上高中、上大學，再找一個好工作。只有[49]這樣，我才會有前途[83]，才有機會成為[64]一個了不起[76]的男人。

有時候，我也會難過，如果我出生在另外一個人的家，如果我的姐夫不是修理工[4]，是一個有錢人，那我的生活應該會很不一樣吧？每次想到這些，我都不太想跟姐夫說話。放學回家總是能看到姐夫和胖子在幹活[70]，看著他們那髒[13]髒[13]的衣服和手，我就在心裡對自己說：“吳小毛，改變你自己，不要過跟他們一樣的生活！”

姐夫不明白為什麼我有時候不開心，他只是[51]看著我，笑著說：“小毛，你每天都看書看到那

---

83 前途 (qiántú) *n.* prospects, future, “expectations”

麼晚，一定很累吧？家裡的事你不用管，交給[84]我就好了，你就好好學習吧。”每次我聽到他這麼說的時候就想，我跟你不是一個世界的人，你怎麼可能理解[63]我呢？

慢慢地，我發現我跟姐夫、思思能聊的事情越來越少了。有時候我很想跟他們聊聊我從書裡學到的一些新東西，但是每次我說的時候，

---

84 交給 (jiāogěi) *v.* to hand over

他們除了[32]會說“小毛，你真了不起[76]，什麼都懂”，別的什麼也不會說。

姐夫和思思還是對我很好，我們也還是很好的朋友，但是我慢慢意識到[85]我們的關係在發生變化，變的不是他們，是我自己。

有一天，我跟思思去河邊玩，決定把我的想法跟她說：“思思，我要好好學習，以後上大學，找個好工作，離開這裡。”

“離開？為什麼？這裡不好嗎？”思思很不理解[63]我為什麼突然[8]跟她說這個。

“這裡有什麼好？村子[1]裡的人只知道幹活[70]，別的什麼都不知道！待[43]在這裡能有什麼前途[83]？我只有[49]去大城市，才會有前途[83]，才能過我想過的生活。”我把我的想法都說了出來。

“這裡是你的家，有你的家人和朋友，你怎麼

85 意識到 (yìshi dào) *vc.* to realize

會不想待[43]在家裡呢？小毛，我覺得你變了。”思思聽起來感覺對我挺失望的。

“我會這樣想都是因為一個人，她總是笑我又髒[13]又笨[61]。現在我好不容易[77]有了好好學習的機會，我要變得比她還聰明，這樣才能改變她對我的看法。”冰冰的話我一直記得。

“誰說你又髒[13]又笨[61]？你看過那麼多書，學習那麼好，在我眼裡，你是我們村子[1]裡最聰明的人。再說，跟你姐夫一樣，好好做一個修理工[4]有什麼不好？你看你姐夫，他不是生活得挺好的嗎？”思思笑著對我說。

我知道，如果沒有見到冰冰，我可能會愛上思思，還有可能會跟她結婚[71]，做一個快樂[73]的修理工[4]。可是，這些都是原來[68]的想法，認識冰冰以後什麼都變了，我就希望[47]以後能成為[64]一個有錢人，和冰冰結婚[71]，就算[72]這樣做會讓姐夫和思思失望。

Nine

難過的一天

有一天，白小姐突然[8]打電話給姐夫，讓他週六帶我一起去她家。姐姐知道以後很不高興，因為白小姐沒有請她去。不過想到可能會有好事發生，最重要的是，白小姐可能會給我們錢，姐姐就不生氣了。

姐夫和我來到了白小姐的房間，我想他一定沒有見過這樣的地方：沒有陽光，燈光也不太亮[35]，傢俱[86]又老又髒[13]。還有穿著婚紗[57]的白小姐，看起來像快要死了的人一樣。

白小姐好像一點也不關心姐夫對她和她家的看法，她看著我："小毛，這六年來，你經常

86 傢俱 (jiājù) *n.* furniture

到我家玩，喜歡這兒嗎?”

“喜歡。我也喜歡和冰冰一起玩。”我看了一下冰冰，她還是跟以前一樣，冷冷的，不笑，看起來很不友好[55]，但是更漂亮了。“謝謝你讓我有機會看那麼多書，我學到了很多東西。”

“我很高興你喜歡我家，我知道你這幾年學到了不少東西，跟剛來的時候比，你變化很大。”聽到白小姐這樣說，我更高興了。“但是，”白小姐又說，“你現在已經十四歲了，是個大男孩了。我覺得你應該多幫家裡做點事情，你姐夫也一定很想讓你跟他一起工作，做一個修理工[4]吧?”白小姐說話的時候，笑著看著姐夫。

“沒錯，我是小毛的姐夫，也是他的朋友，我們一起工作會很開心的。對吧?”姐夫笑著看著我。

聽到“修理工[4]”這三個字，我的臉[41]一下子就紅了，我不想再跟姐夫說話了，也不看他。

“那就好，小毛，你以後不用再來了，就跟你姐夫一起學做一個修理工[4]吧。這是我給你的紅包，很感謝[3]你這六年來我家和冰冰玩。你是個好孩子！”說完，她把紅包給了姐夫，說：“你們可以走了。”

我突然[8]難過起來，不知道發生了什麼事。我看了一下冰冰，她也看了我一下，然後很快就看別的地方去了。我不知道她在想什麼。

“我還想來……”我很怕再也見不到冰冰了。

“不用了。以後你就好好當[87]個修理工[4]吧。我給你這個紅包是因為你是個好孩子，不要再希望[47]得到別的東西了。”

回家的路上，我跟姐夫一句話也沒說。那條路，好像一直走不完！這六年來，我一直認真學習，就是為了改變現在的生活，以後不做一個修理工[4]。但是我發現自己一下子失去[88]了所有的希望[47]。不過姐夫好像一直認為我想的跟他一樣，在家做一個修理工[4]挺快樂[73]的，更重要的是，一家人能一直生活在一起。

---

87 當 (dāng) *v.* to become

88 失去 (shīqù) *v.* to lose

直到我們回到家才發現家裡出了大事。姐姐一個人睡在地上，她的頭好像撞[45]到了什麼東西，有很多血。有人打傷[66]了我姐姐！

Ten

美好的前途

姐姐再也不會對我們大叫了，也不會再對我說“如果沒有我，你早就餓死了”這種話了。我的姐姐，現在說不了話了！

警察[46]花了一個月的時間也沒找到打傷[66]我姐姐的人。我和姐夫有時候會想，會不會是胖子？因為姐姐以前總是說一些讓他很不高興的話，胖子一直很想打姐姐，這誰都看得出來。可是村子[1]裡也有很多人不喜歡姐姐，而且姐姐在家的時候，村子[1]裡有人看到胖子在外面買東西。如果不是胖子，我們真想不出來是誰打傷[66]了姐姐。

姐姐現在每天只能睡在床上，別的事情都做

不了。她變了，她不再像以前那麼愛生氣了。她經常對我和姐夫笑，我覺得她想讓我們知道，如果她還能說話，她一定會感謝[3]我們對她這麼好。

從白小姐讓我回家做修理工[4]那天開始，姐夫就不讓胖子來我家幹活[70]了。我和姐夫每天都要忙修理店[19]的事情，所以思思會經常來幫我們洗衣服、做飯，她還經常聊一些能讓我們開心的事情。生活難是難，但是大家在一起很開心。慢慢地，我覺得冰冰已經離我越來越遠了。

這樣的生活過了兩年，我以為我的生活會一直這樣。但沒有想到，這樣的生活，有一天會因為一個人的出現[37]，發生那麼大的變化。

一天下午，我和姐夫在幹活[70]，思思也在我家幫忙。突然[8]，一個戴[78]眼鏡的男人走了進來。

"請問吳小毛在嗎？"那個男人沒有認出[89]我，

89 認出 (rènchū) *vc.* to recognize (someone)

但是我很快認出了他。沒錯！他就是我第二次去白小姐家看到的那個男人。

“我就是。請問你找我什麼事?”我對那個男人說。

“我叫金子文，是個律師。”說完，他看著姐夫說：“你是老周吧？我來這裡有很重要的事情。有人讓我來問你，‘如果吳小毛這個孩子可以不用做修理工，去上海上高中，然後上大學，過更好的生活，你覺得怎麼樣?’”

姐夫覺得很奇怪，但是他沒有多問，只是說：“如果小毛以後能跟我一樣，做個修理工，我會很高興，但這不是我的決定，應該讓他自己決定。”

“好。”金律師笑了笑又說，“我只是一個律師，今天來就是要告訴你們一件重要的事情：這

90 律師 (lǜshī) *n.* lawyer

個孩子，吳小毛，一定會有一個美好的前途！”

我看了一下姐夫，又看了一下思思，大家好像都不太明白這個人說的話。金律師笑了：“有一個人想幫吳小毛，讓他去上海市中心最好的高中上學。他十八歲的時候，就會很有錢，因為到時候，幫他的那個人願意把所有的錢都送給小毛。”

金律師的話讓我們都不敢相信，因為太突然了。

91 美好 (měihǎo) *adj.* wonderful, glorious

“但是，吳小毛，幫你的人有兩個條件[92]。”金律師[90]看了我一下，又說：“第一個條件[92]是，你要一直用‘吳小毛’這個名字，不能改。第二個條件[92]是，不要問幫你的人是誰，問了我也不會告訴你，也許[18]有一天，那個人自己會告訴你。怎麼樣？想不想跟我離開這裡，去市中心上學？”

“想。”我輕聲說，擔心[33]如果我的聲音聽起來太開心，就會讓姐夫意識到[85]我其實[59]一直很想去大城市，這會讓他對我很失望。想到以前白小姐說過我會有更好的工作，更好的生活，現在我又找回了所有的希望[47]，我一定要抓[9]住這個機會。

金律師[90]又對姐夫說：“老周，那個人讓我把這個紅包交給[84]你。吳小毛走了以後，你們可能需要花錢再請一個人來幫忙。”

“不用了。”姐夫看了我一下，對金律師[90]說：“我

---

92 條件 (tiáojiàn) *n.* condition; (living) conditions

們是很想把小毛留在身邊，如果他也願意[52]留下來，我自然很高興。不過我想，這應該是他自己的決定。小毛可以去他想去的地方，做他想做的事，不管[5]他的決定是什麼，都改變不了我們一家人的關係。但是，如果你認為用錢就可以買到這個孩子，這個我最好的朋友……”姐夫說不下去了。我看看姐夫，又看了一下金律師[90]，也不知道該說些什麼。

過了一會兒，金律師[90]走到我面前，說：“這是 2000 塊錢，還有我的一張名片，這幾天去買幾件好一點的衣服吧。到了上海以後就不能再穿這樣的衣服了。下個星期五，記得到名片上寫的這個地方來找我。以後每個星期你都可以從我這裡拿一些錢用來生活。下週五見！”說完，他就走了。

Eleven

離開村子

知道我想離開這個家以後，姐夫和思思都哭得很傷心。思思把事情告訴了姐姐，可是姐姐受傷[93]以後，有些事情她已經很難明白了。但我知道，這是我改變自己，開始新生活的所有希望[47]，我一定要抓住[9]。雖然我一直不知道我為什麼會失去[88]白小姐給我的第一次機會，但是現在好不容易[77]又有一次這樣的機會，我不能再失去[88]了。我跟姐夫和思思說，我一定不會忘記他們，一定會經常回來看他們的。

在離開村子[1]的前一天，我去了白小姐家，但是冰冰不在。

---

93 受傷 (shòushāng) *vo.* to be injured

“白小姐，我想來跟你和冰冰說再見。我現在有機會去市中心的高中上學了。”

“這件事我已經聽說了，我見過金律師[90]，他說有個有錢人要幫你。”白小姐看起來沒有我想的那麼高興，“記住金律師[90]的話，千萬[21]別改名字，要記住你來自這個村子[1]。”

“冰冰呢？她在家嗎？”我還想跟冰冰說聲再見。

"她去市中心最好的高中上學了。我要讓她跟最好的老師學習，跟最好的男人結婚[71]！小毛，再見。"

"冰冰也去市中心上學了？太好了！"可能這就是生活，它在為你關上門的時候，會為你打開另一個窗[56]子。

出發前的最後一個星期，我一直跟姐夫和思思待[43]在一起。那個星期過得特別慢，我最後一次和思思去了河邊，因為有些話想跟她說。

"思思，我走了以後，你能想辦法讓姐夫多學點東西嗎？"

"什麼意思？"思思有點不明白。

"我姐夫是個好人，不過他需要多學一點東西。如果以後我真的得到了那個人的錢，他一定有機會見到別的有錢人。到時候，他得學會怎麼跟那些有錢人說話。"我知道我這樣說不太好，但是我還是得說。

“小毛，你真是這樣想的嗎？你要知道，你姐夫不需要去認識那些有錢人，他只想留在村子[1]裡，不想離開他的家人。”思思有點不高興了，“放心吧，你走了以後，我會經常來幫忙的。不管[5]你是不是有錢人，我們都是好朋友，你姐夫也是這麼想的！”

星期五那天，姐夫和思思哭著送我到了車站。現在，我要去上海市中心了！我以前那麼想上好學校，那麼想在大城市生活，可是到了離開的時候，我才意識到[85]我把很重要的東西留在了這個村子[1]裡——我的家人和朋友。我突然[8]很不想離開他們。

車慢慢開走了，我看著窗[56]外，看著我長大的村子[1]離我越來越遠，我也哭了起來。不知道要多久才能再跟家人見面，但是我知道，前面

等著我的是新的生活、新的希望[47]。也許[18]，只有[49]離開村子[1]，我才能成為[64]不一樣的吳小毛。

"上海，上海，那裡有美好[91]的前途[83]在等我……"我在心裡對自己說。

Key Words 關鍵詞 (Guānjiàncí)

1. 村子 cūnzi *n.* village
2. 死小孩 sǐ xiǎohái *n.* rotten kid (not literally "dead child")
3. 感謝 gǎnxiè *v.* to be grateful (to)
4. 修理工 xiūlǐ gōng *n.* repairman
5. 不管 bùguǎn *conj.* no matter...
6. 吵 chǎo *adj.* noisy
7. 黑 hēi *adj.* dark
8. 突然 tūrán *adv.; adj.* suddenly; sudden
9. 抓 zhuā *v.* to grab, to try to catch
10. 殺 shā *v.* to kill
11. 輕輕地 qīngqīng de *adv.* lightly
12. 敢 gǎn *v.* to dare (to)
13. 髒 zāng *adj.* dirty
14. 破 pò *adj.* worn out, run-down
15. 腳 jiǎo *n.* foot
16. 犯人 fànrén *n.* a convict
17. 害怕 hàipà *v.* to be afraid (of)
18. 也許 yěxǔ *adv.* perhaps
19. 修理店 xiūlǐ diàn *n.* repair shop
20. 按 àn *v.* to press, to hold (down)
21. 千萬 qiānwàn *adv.* absolutely (not)
22. 工具 gōngjù *n.* tool
23. 魚 yú *n.* fish
24. 難道 nándào *conj.* "Could it be that…?" [rhetorical question marker]
25. 節日 jiérì *n.* holiday

26. 月餅 yuèbǐng *n.* moon cake
27. 買不起 mǎibuqǐ *vc.* cannot afford (to buy)
28. 平時 píngshí *adv.* usually
29. 叔叔 shūshu *n.* uncle
30. 偷 tōu *v.* to steal
31. 偷偷地 tōutōu de *adv.* stealthily, secretly
32. 除了 chúle *conj.* except for
33. 擔心 dānxīn *v.* to worry
34. 被 bèi *part.* [passive particle]
35. 亮 liàng *adj.* bright
36. 注意 zhùyì *v.* to notice
37. 出現 chūxiàn *v.* to appear, to emerge
38. 好奇 hàoqí *adj.* curious
39. 臉色 liǎnsè *n.* the look on one's face, lit. "face color"
40. 照 zhào *v.* to shine (on)
41. 臉 liǎn *n.* one' s face
42. 緊張 jǐnzhāng *adj.* nervous
43. 待 dāi *v.* to stay
44. 偷吃 tōuchī *v.* to sneakily eat
45. 撞 zhuàng *v.* to crash into
46. 警察 jǐngchá *n.* police officer, the police
47. 希望 xīwàng *v.; n.* to hope; hope
48. 胖 pàng *adj.* fat
49. 只有 zhǐyǒu *conj.* only if
50. 阿姨 āyí *n.* aunt
51. 只是 zhǐshì *phrase* it's just that
52. 願意 yuànyì *v.* to be willing
53. 瘦 shòu *adj.* thin
54. 公主 gōngzhǔ *n.* princess
55. 友好 yǒuhǎo *adj.* friendly
56. 窗 chuāng *n.* window
57. 婚紗 hūnshā *n.* wedding dress
58. 桌子 zhuōzi *n.* table
59. 其實 qíshí *adv.* actually
60. 無聊 wúliáo *adj.* bored, boring, lame
61. 笨 bèn *adj.* stupid

62. 傷 shāng *v.* to hurt (someone)
63. 理解 lǐjiě *v.* to understand, to comprehend
64. 成為 chéngwéi *v.* to become
65. 心情 xīnqíng *n.* mood
66. 打傷 dǎshāng *vc.* to hit and injure
67. 打算 dǎsuàn *v.; n.* to plan to; plans
68. 原來 yuánlái *adv.* originally
69. 玩具 wánjù *n.* toy
70. 幹活 gànhuó *vo.* to do manual labor
71. 結婚 jiéhūn *vo.* to get married
72. 就算 jiùsuàn *conj.* even if
73. 快樂 kuàilè *adj.* happy
74. 只要 zhǐyào *conj.* as long as
75. 住口 zhùkǒu *vo.* to shut one's mouth
76. 了不起 liǎobuqǐ *adj.* amazing
77. 好不容易 hǎobùróngyì *adv.* with great difficulty
78. 戴 dài *v.* to wear (glasses, jewelry, accessories)
79. 打架 dǎjià *vo.* to fight
80. 贏 yíng *v.* to win
81. 親 qīn *v.* to kiss
82. 要飯的 yàofàn de *n.* beggar
83. 前途 qiántú *n.* prospects, future, "expectations"
84. 交給 jiāogěi *v.* to hand over
85. 意識到 yìshi dào *vc.* to realize
86. 傢俱 jiājù *n.* furniture
87. 當 dāng *v.* to become
88. 失去 shīqù *v.* to lose
89. 認出 rènchū *vc.* to recognize (someone)
90. 律師 lǜshī *n.* lawyer
91. 美好 měihǎo *adj.* wonderful, glorious
92. 條件 tiáojiàn *n.* condition; (living) conditions
93. 受傷 shòushāng *vo.* to be injured

Part of Speech Key

adj.	Adjective	*prep.*	Preposition
adv.	Adverb	*pr.*	Pronoun
aux.	Auxiliary Verb	*pn.*	Proper noun
conj.	Conjunction	*tn.*	Time Noun
cov.	Coverb	*v.*	Verb
mw.	Measure word	*vc.*	Verb plus complement
n.	Noun	*vo.*	Verb plus object
on.	Onomatopoeia		
part.	Particle		

Grammar Points

For learners new to reading Chinese, an understanding of grammar points can be extremely helpful for learners and teachers. The following is a list of the most challenging grammar points used in this graded reader.

These grammar points correspond to the Common European Framework of Reference for Languages (CEFR) level A2 or above. The full list with explanations and examples of each grammar point can be found on the Chinese Grammar Wiki, the definitive source of information on Chinese grammar online.

ENGLISH	CHINESE
CHAPTER 1	
"It seems" with "haoxiang"	好像……
Clarifying relationships with "guanxi"	跟/和……（沒）有關係
Quite with "ting"	挺 + Adj. + 的
Expressing "not only... but also"	Expressing "not only...... but also......"
Expressing earliness with "jiu"	就
Using "dui"	對 + Noun……
If...... then...... with "yaoshi"	要是……, 就……
Descriptive complements	Verb/Adj. + 得……
Expressing "much more" in comparisons	Noun 1 + 比 + Noun 2 + Adj. + 多了 / 得多
No matter with "buguan"	不管……, 都/也……

Separable verb	Verb-Obj. / Verb + ... + Obj.
Again in the past with "you"	又 + Verb
Comparing "chao" "xiang" and "wang"	朝 vs 向 vs 往
Comparing "turan" and "huran"	突然 vs 忽然
Resultative complement "zhu"	Verb + 住
Aspect particle "zhe"	Verb + 著
Reduplication of adjectives	Adj. + Adj.
Adjectival complement "de hen"	Adj. + 得很
Tricky uses of "dao"	Verb + 到
Again in the future with "zai"	再 + Verb
A softer "but"	......, 不過......
Result complement "-qilai"	Verb + 起來
Ba sentence	把 + Noun + Verb......
Expressing "to make certain" with "qianwan"	千萬 + Verb / Verb Phrase
Direction complement	Verb (+ Direction) + 來 / 去
Resultative complement "kai"	Verb + 開
If..., then... with "ruguo..., jiu..."	如果......, 就......
Causative verbs	Noun 1 + 讓/叫/請 + Noun 2......

CHAPTER 2

Events in quick succession with "yi... jiu"	一...... 就......
Expressing "not even one"	一 + Measure Word + (Noun) + 也/都 + Verb
Rhetorical questions with "nandao"	難道......?
Adjectives with "name" and "zheme"	那麼 / 這麼 + Adj.
Expressing "more and more" with "yue... yue..."	越...... 越......
Referring to "all" using "suoyou"	所有...... 都......
Further uses of resultative complement "qilai"	Verb + 起來

Complements with “dao”, “gei” and “zai”	Verb + 到 / 給 / 在......
Expressing “every” with “mei” and “dou”	每...... 都......
Turning adjectives into adverbs	Adj. + 地 + Verb
“Not at all”	一點 (兒) 也不......
“Except” and “in addition” with “chule... yiwai”	除了......（以外），還......
“Bei” sentence	被 + Verb + ...
“Shi... de” construction	是...... 的
“All at once” with “yixiazi”	一下子

CHAPTER 3

Potential complement “bu liao”	Verb + 不了
Expressing “almost” using “chadian”	Subj. + 差點 (兒) + Verb + 了
Resultative complement “chu(lai)”	Verb + 出 (來)
Mistakenly think that	以為......
Assessing situations with “kanlai”	看來 + Judgment of the situation; 在 + somebody + 看來
Expressing “all” with “shenme dou”	什麼都/也......
“Never again” with “zai ye bu”	再也不 + Verb + 了
Comparing specifically with “xiang”	Noun 1 + 像 + Noun 2 + (那麼......)
“Must” modal “dei”	得 + Verb

CHAPTER 4

Appearance with “kanqilai”	看起來......
Although “with ” suiran “and ” danshi"	雖然......, 但是......
Expressing lateness with “cai”	才 + Verb Phrase
“Already” with “dou...le”	都...... 了
Result complement “xiaqu”	Verb + 下去
Doing something more with “duo”	多 + Verb

Sequencing with “xian” and “zai”	先……, 再……

CHAPTER 5

Sequencing past events with “houlai”	……, 後來……
“All along” with “yuanlai”	原來……
Comparing “benlai” and “yuanlai”	本來 vs 原來
Comparing “buduan” and “buting”	不斷 vs 不停
Comparing “gang” and “gangcai”	剛 vs 剛才
Expressing “even if...” with “jiusuan”	就算……, 也……
“In addition” with “zaishuo”	再說,……

CHAPTER 6

Expressing purpose with “weile”	為了 + Purpose + Verb
“As long as” with “zhiyao”	只要……, 就……
Adding emphasis with “jiushi”	就是
Continuation with “hai”	還 + Verb / Adj.
Positive and negative potential complements	Verb + 得 / 不……
Result complement “-cuo”	Verb + 錯

CHAPTER 7

Expressing difficulty with “hao (bu) rongyi”	好 (不) 容易
Expressing actions in progress (full form)	正在 + Verb + 著 + 呢
“Verbing around” with “lai” and “qu”	Verb + 來 + Verb + 去
Expressing “as one likes” with “jiu”	想 + Verb + 就 + Verb
Comparing “haishi” and “huozhe”	還是 vs 或者

CHAPTER 8

"Only if" with "zhiyou"	只有……, 才……

CHAPTER 10

Expressing "everyone" with "shei"	誰都/也……
Conceding a point with "shi"	Adj. + 是 + Adj., 但是……

CHAPTER 11

Expressing comparable degree with "you"	A 有 B + Adj. + 嗎?
Topic-comment sentences	Topic + Comment
"For" with "wei"	為 + Noun……

Credits

Original Author : Charles Dickens
Editor-in-Chief : John Pasden
Content Editor : Chen Shishuang
Adapted by : Yang Renjun
Illustrator : Hu Shen
Producer : Jared Turner

Acknowledgments

We are grateful to Chen Shishuang, Song Shen, Zhao Yihua, Yang Renjun, Yu Cui, and the entire team at AllSet Learning for working on this project and contributing the perfect mix of talent to produce this series.

Thank you to our enthusiastic testers Vanessa Dewey, Jacob Rodgers, Amani Core, Dominic Pote, Daniel Lundqvist, and Ben Bafoe.

Thank you to Song Shen for supporting us, handling all the small thankless tasks, and spurring us forward if we dared to fall behind.

Moreover, we will be forever grateful for Yuehua Liu and Chengzhi Chu for pioneering the first graded readers in Chinese and to whom we owe a debt of gratitude for their years of tireless work to bring these type of materials to the Chinese learning community.

About Mandarin Companion

Mandarin Companion was started by Jared Turner and John Pasden, who met one fateful day on a bus in Shanghai when the only remaining seats forced them to sit next to each other.

John majored in Japanese in college in the US and later learned Mandarin before moving to China, where he was admitted into an all-Chinese masters program in applied linguistics at East China Normal University in Shanghai. John lives in Shanghai with his wife and children. John is the editor-in-chief at Mandarin Companion and ensures each story is written at the appropriate level.

Jared decided to move to China with his young family in search of career opportunities, despite having no Chinese language skills. When he learned about Extensive Reading and started using graded readers, his language skills exploded. In 3 months, he had read 10 graded readers and quickly became conversational in Chinese. Jared lives in the US with his wife and children. Jared runs the business operations and focuses on bringing stories to life.

John and Jared work with Chinese learners and teachers all over the world. They host a podcast, You Can Learn Chinese, where they discuss the struggles and joys of learning to speak the language. They are active on social media, where they share memes and stories about learning Chinese.

You can connect with them through the website

www.mandarincompanion.com

Other Stories from Mandarin Companion

Breakthrough Readers: 150 Characters

The Misadventures of Zhou Haisheng
《周海生》
by John Pasden, Jared Turner

My Teacher Is a Martian
《我的老師是火星人》
by John Pasden, Jared Turner

Xiao Ming, Boy Sherlock
《小明》
by John Pasden, Jared Turner

In Search of Hua Ma
《花馬》
by John Pasden, Jared Turner

Just Friends?
《我們是朋友嗎?》
by John Pasden, Jared Turner

Level 1 Readers: 300 Characters

The Secret Garden
《秘密花園》
by Frances Hodgson Burnett

The Sixty Year Dream
《六十年的夢》
by Washington Irving

The Monkey's Paw
《猴爪》
by W. W. Jacobs

The Country of the Blind
《盲人國》
by H. G. Wells

Sherlock Holmes and the Case of the Curly-Haired Company
《捲髮公司的案子》
by Sir Arthur Conan Doyle

The Prince and the Pauper
《王子和窮孩子》
by Mark Twain

Emma
《安末》
by Jane Austen

The Ransom of Red Chief
《紅猴的價格》
by O. Henry

Level 2 Readers: 450 Characters

Great Expectations: Part 2
《美好的前途（下）》
by Charles Dickens

Journey to the Center of the Earth
《地心遊記》
by Jules Verne

Jekyll and Hyde
《江可和黑德》
by Robert Louis Stevenson

www.ingramcontent.com/pod-product-compliance
Lightning Source LLC
LaVergne TN
LVHW010109230826
846091LV00010B/4057